AF296502

HONNEUR

ET INDIGENCE,

OU

LE DIVORCE PAR AMOUR,

DRAME.

HONNEUR
ET INDIGENCE,

OU

LE DIVORCE PAR AMOUR,

DRAME

EN TROIS ACTES ET EN PROSE;

PAR WEISS ET PATRAT,

Imité de l'Allemand, de Kotzebue, auteur de *Misanthropie*
et *Repentir*;

*Représenté pour la première fois, à Paris, au Théâtre de la Cité-Variétés,
le 27 Brumaire An XI.*

Prix : 24 sols.

A PARIS,

Chez HUET, Libraire, rue Vivienne, N°. 8.

AN XI, (1803.)

PERSONNAGES.	ACTEURS.
CHARLES DUVAL, *Négociant.*	VILLENEUVE.
ARABELLE, *son Epouse.*	Mlle. NORMAND.
HENRY, *leur fils.*	CORÉARD, fils.
Madame DUVAL, *mère de Charles.*	M^dme. POTIER.
ST.-YS, *jeune homme qui a prétendu à la main d'Arabelle.*	LANGLADE.
COURVILLE, *riche Négociant.*	{ VERTEUIL, (*Armand.*) (1) { GALIMAR.
DURAND, *Propriétaire de la maison qu'occupe Charles Duval.*	CHATEAUNEUF,
FRANÇOISE, *vieille servante d'Arabelle, attachée à elle depuis son enfance.*	Mlle. LAFONTAINE.

(1) Le citoyen Verteuil, pour accélérer la représentation de la pièce, a eu la complaisance de se charger provisoirement du rôle de *Courville,* qui est un emploi des *Pères nobles.*

Je préviens que les exemplaires seront revêtus de ma signature, et que je poursuivrai les contre-facteurs.

HONNEUR
ET INDIGENCE,
DRAME.

ACTE PREMIER.

Le Théâtre représente un Salon à lambris dorés, dont les parquets sont sans glaces et les fenêtres sans rideaux ; un grand fauteuil ; quelques chaises de paille et une table de bois, sont les seuls meubles qu'on y voit.

SCÈNE PREMIÈRE.

ARABELLE, *seule.*

(Elle travaille à un ouvrage de broderie, près de la table. Le bout de chandelle qui l'éclaire est prêt à finir.)

ARABELLE.

Cette lumière est prête à s'éteindre; c'est tout ce qui me reste. Et si je cesse de travailler, accablée comme je le suis, je ne pourrai résister au sommeil, ni me réveiller assez tôt pour achever cette broderie.... infortunée!......

SCÈNE II.

ARABELLE, FRANÇOISE.

FRANÇOISE, *se frottant les yeux.*

Quoi! ma bonne maîtresse, vous êtes encore-là?

ARABELLE.

Tu le vois.

A

FRANÇOISE.

Vous avez veillé toute la nuit?

ARABELLE.

Oui, Françoise.

FRANÇOISE.

O femme respectable ! (*Elle veut relever la chandelle avec une épingle ; et elle l'éteint.*) Aye!

ARABELLE.

Qu'as-tu fait? Mon ouvrage n'est pas fini.

FRANÇOISE.

Ma foi, reposez-vous un peu, il ne faut pas se tuer.

ARABELLE.

Eh ! comment pourvoir aujourd'hui aux besoins de mon fils ? de mon époux, de sa mère, âgée et aveugle ?.... voilà leur unique ressource.

FRANÇOISE, *avec précaution.*

Que ne confiez-vous vos peines à vos amis ?

ARABELLE.

Peut-on se flatter d'en avoir quand on est dans le malheur...

FRANÇOISE.

C'est un titre de plus aux yeux des honnêtes gens. (*En confidence.*) Vous ne savez pas?....

ARABELLE,

Quoi ?

FRANÇOISE.

Il est de retour.

ARABELLE, *l'interrompant.*

Ouvre le volet. (*Françoise va ouvrir le volet, et Arabelle témoigne du mécontentement en voyant qu'il fait grand jour.*) Ah ! Françoise, il fait grand jour, et tu ne me l'as pas dit.

FRANÇOISE, *hésitant.*

Je.... je....

ARABELLE, *se levant.*

Tu m'as fait perdre un moment.

FRANÇOISE.

Quelle femme !

ARABELLE.

Approche ma chaise près de cette fenêtre. (*Françoise obéit. Arabelle se place, et continue à travailler.*)

FRANÇOISE, *d'un ton suppliant.*

Ma chère maîtresse, vous succombez à la fatigue. Permettez-moi de parler à....

ARABELLE, *l'interrompant.*

Vois si mon mari repose.

FRANÇOISE, *s'en allant.*

Il n'est pas possible de lui faire entendre raison....

SCÈNE III.

ARABELLE, *seule.*

St.-Ys est de retour.... Oui, je crois avoir un ami,.... un véritable ami.... Mais jamais il ne connoîtra mes peines, jamais je n'aurai recours à lui.

SCÈNE IV.

FRANÇOISE, ARABELLE.

FRANÇOISE.

Je crois que Monsieur repose. Je n'ai pas entendu de bruit chez lui.

ARABELLE.

Que le ciel bénisse son repos.

FRANÇOISE, *avec humeur.*

Il n'a pas ménagé le vôtre.

ARABELLE, *soupirant.*

Il souffre autant que moi.

FRANÇOISE.

Par sa faute.

ARABELLE.

Je ne le crois pas.

FRANÇOISE.

Qu'a-t-il fait de cette fortune qui engagea votre père à lui donner la préférence sur cet autre jeune homme.

ARABELLE, *avec bonté.*

Paix , Françoise.

FRANÇOISE, *avec humeur.*

Pour tout dissiper en trois mois, il faut absolument qu'il ait eu...

ARABELLE.

Des malheurs.

FRANÇOISE.

Qui peut avoir causé sa ruine?

ARABELLE.

Je l'ignore, et je n'ai pas voulu aggraver sa peine en le pressant de questions. Mais depuis le jour où feu mon père disposa de ma main en sa faveur, six années se sont écoulées. J'ai pu juger mon époux, et le juger sans prévention, puisque l'amour ne m'aveugloit pas. Sa franchise sans rudesse, sa probité sans tache, m'ont inspiré la plus parfaite estime. La naissance de mon fils a resserré nos liens pour la vie, et la plus parfaite amitié m'a tenu lieu d'un sentiment plus tendre.

FRANÇOISE.

Ce qui me paroît inconcevable, c'est qu'à force de précautions et de soins, vous soyez parvenue à cacher à sa mère, les malheurs de cette maison.

ARABELLE.

Elle est aveugle.... Elle n'a pu s'appercevoir de la vente de nos meubles.... J'ai conservé son lit et son fauteuil, et dieu me préserve d'y toucher !

FRANÇOISE.

Vous vous privez de tout pour prolonger son erreur. Mais vous avez renvoyé vos domestiques.

ARABELLE.

Elle n'employoit que Thomas, et elle le croit malade.

FRANÇOISE.

Elle vous dira de lui en envoyer un autre. Que répondre ?

ARABELLE.

Le ciel m'inspirera. — Voilà mon ouvrage fini. (*Elle écoute.*) J'entends marcher : vas voir.

(Françoise sort.)

SCÈNE V.

ARABELLE, *seule.*

(*En débâtissant sa broderie de dessus le dessin.*)

VOILA de quoi subvenir aux besoins de la journée... mais demain !... (*Elle prend son sac à ouvrage, en tire un morceau de mousseline, le développe, le regarde.*)

SCÈNE VI.

FRANÇOISE, ARABELLE.

FRANÇOISE.

C'EST Monsieur qui vient de sortir.

ARABELLE, *étonnée.*

Sans me voir? — Où peut-il aller si matin?

FRANÇOISE, *avec amertume.*

Il veut peut-être chercher à réparer ses imprudences.

ARABELLE, *avec bonté.*

Françoise! vous m'affligez.

FRANÇOISE.

Pardon. — Ce n'est pas mon dessein.

ARABELLE.

Prépare la tasse de ma mère, avant de sortir.

FRANÇOISE, *embarrassée.*

Sa tasse.... de.... porcelaine?

ARABELLE.

Oui.

FRANÇOISE, *hésitant.*

Dam!... excusez-moi... mais...

ARABELLE.

Achève.

FRANÇOISE.

Ma foi,.. le petit Henry n'ayant pas de souliers, je l'ai vendue.

ARABELLE, *peinée.*

Vendue!... Oh! mon dieu, que dira-t-elle?

FRANÇOISE.

Elle ne s'en appercevra pas.

M^{dme}. DUVAL, (*sans être vue.*)

Thomas! Thomas!

ARABELLE.

C'est elle.

FRANÇOISE.

Elle vient ici.

ARABELLE, *lui donnant son ouvrage.*

Vas vendre cette broderie.... apporte du thé et un biscuit, et reviens le plutôt possible.

FRANÇOISE, *s'en allant.*

Laissez-moi faire.

(*Comme Françoise va sortir, Madame Duval se présente à la porte ; Françoise la laisse passer, et s'échappe sur la pointe du pied.*)

SCÈNE VII.

ARABELLE, M^{dme}. DUVAL.

(*Madame Duval a un ruban noir sur les yeux ; une longue canne à la main ; elle entre en tâtonnant.*)

M^{dme}. DUVAL, *appellant.*

THOMAS !....

ARABELLE, *allant à elle.*

Que voulez-vous, ma bonne maman ?

M^{dme}. DUVAL, *avec humeur.*

Rien, Madame ma bru ; j'appelle Thomas.

ARABELLE.

Thomas ? Il est malade.

M^{dme}. DUVAL.

Cela est donc sérieux ? Pauvre garçon ! J'en suis fâchée.

ARABELLE.

Vous êtes si bonne !

M^{dme}. DUVAL.

Qu'un autre vienne à sa place.

ARABELLE, *embarrassée.*

Un autre ? Avez-vous quelques commissions à donner.

M^{dme}. DUVAL.

Oui.

ARABELLE.

Ne puis-je les faire moi-même ?

M^{dme}. DUVAL, *un peu ironiquement.*

Pardonnez-moi : si vous voulez avoir cette complaisance.

ARABELLE.

De quoi s'agit-il ?

M^{dme}. D U V A L.

De dire qu'on m'apporte mon déjeûner. Voilà trois fois que j'appelle, et personne ne répond.

A R A B E L L E, *affectant de parler avec assurance.*

Le déjeûner? — A l'instant, ma chère maman. (*Elle lève les mains au ciel,*) *va s'asseoir et bâtir le morceau de mousseline sur son dessin.*)

M^{dme}. D U V A L.

Dès que je suis levée, il faut que j'aie m'a tasse de thé et mon biscuit, sans quoi mon estomac souffre. J'y suis accoutumée depuis cinquante ans, et il n'est pas dans l'ordre qu'une mère, âgée et aveugle, attende pendant des heures quelques cuillerées d'eau tiède.

A R A B E L L E,

Mille pardons, maman; Françoise est sortie pour aller chercher votre biscuit: vous savez combien elle est lente.

M^{dme}. D U V A L.

Eh pourquoi, s'il vous plaît, envoyer justement Françoise? N'avons-nous pas dans la maison plus de domestiques qu'il ne nous en faut?

A R A B E L L E, *à part.*

Que lui dire?

M^{dme}, D U V A L.

Mais ils sont comme les maîtres, ils me négligent. Depuis quatre jours aucun n'est venu me demander si j'avois besoin de quelque chose.

A R A B E L L E.

Mon mari en a diminué le nombre.

M^{dme}. D U V A L.

Pourquoi donc? Il faut être servi.

A R A B E L L E.

Un peu d'économie....

M^{dme}. D U V A L.

D'économie!... Belle économie, de retrancher le déjeûner de la maman.

A R A B E L L E.

Pouvez-vous le penser?

M^{dme}. D U V A L.

Dois-je en souffrir, moi?

ARABELLE.

Non certainement.

M^dme. DUVAL.

Quand j'épousai feu mon mari, nous n'étions opulens ni l'un ni l'autre. Pour élever mon fils, j'ai souvent réduit mes dépenses, afin qu'il ne manquât de rien. Maintenant, c'est son tour. Quand les enfans sont petits, la mère se gêne pour eux. Quand la mère devient âgée, c'est aux enfans à se gêner pour elle.

ARABELLE.

Nous ne l'oublierons jamais.

M^dme. DUVAL.

Un bonnet de moins à la femme, et une attention de plus à la mère.

ARABELLE.

Ce n'est qu'avec de l'ordre....

M^dme. DUVAL.

De l'ordre ! de l'ordre ! Permettez-moi de vous le dire, Madame ma bru, depuis quelque tems il en règne fort peu dans cette maison. Quoique aveugle, je m'apperçois de bien des choses, et quelquefois je vois encore plus clair que je ne voudrois. Je ne veux pas m'ériger en juge; mais quand on s'abandonne à l'oisiveté.

SCÈNE VIII.

ARABELLE, M^dme. DUVAL, HENRY.

HENRY, *accourant.*

Bonjour, maman.

ARABELLE.

Bon jour, mon ami.

M^dme. DUVAL.

Tu ne viens pas m'embrasser, Henry ?

HENRY, *allant à elle.*

Bon jour ma bonne maman.

M^dme. DUVAL, *le caressant.*

Pauvre petit ! si dans cette maison on n'a pas plus soin des enfans que des vieillards, je te plains.

ARABELLE, *à part.*

Quel reproche !

DRAME.

HENRY, *tout bas à sa mère.*

Maman?

ARABELLE.

Quoi, mon ami?

HENRY, *assez haut pour être entendu de Madame Duval.*

J'ai faim.

ARABELLE.

Tout-à-l'heure, mon fils.

M^{dme}. DUVAL.

Quoi! le pauvre enfant n'a pas encore déjeûné?

ARABELLE, *embarrassée.*

Lorsque Françoise sera de retour.

M^{dme}. DUVAL. (*Elle le caresse.*)

Tu as donc faim?

HENRY.

Oui, ma bonne maman.

M^{dme}. DUVAL.

Tu n'as pas encore mangé, aujourd'hui?

HENRY.

Mon dieu non.

M^{dme}. DUVAL.

Et peut-être encore as-tu soupé de bonne heure, hier.

HENRY, *vivement.*

Hier? je n'ai pas soupé.

M^{dme}. DUVAL.

Est-il possible?

ARABELLE.

Henry avoit mangé du fruit, et pour ménager sa santé....

M^{dme}. DUVAL.

Mauvaise excuse! il faut que les enfans mangent. La nourriture
les fait grandir; on ne doit pas leur en refuser.

ARABELLE, *à part.*

Que ne puis-je lui donner mon sang!

M^{dme}. DUVAL.

Henry? Prie ta maman de prendre la peine d'aller jusqu'au
buffet, et de te donner un petit pain. Si je n'étois pas aveugle, je
lui épargnerois cette fatigue.

HENRY, *à Arabelle.*

Maman? Veux tu bien avoir la bonté de me donner un petit pain.

ARABELLE.

Encore un instant, mon ami, Françoise ne tardera pas.

M^{dme}. DUVAL.

Hé pourquoi l'attendre, je vous prie ! Quand mon fils étoit de son âge, il me tourmentoit aussi quelquefois ; alors je quittois mon ouvrage ; car je travaillois, moi ! je ne me tenois pas les bras croisés comme tant d'autres, et j'allois fort bien lui chercher, moi-même, ce qu'il me demandoit.... Apparemment les Dames d'aujourd'hui sont devenues trop délicates pour....

HENRY.

Ne grondez pas, ma bonne maman, je vais au devant de Françoise. (*Il sort en sautant.*)

SCÈNE IX.

ARABELLE, M^{dme}. DUVAL.

M^{dme}. DUVAL.

MA fille, je ne puis vous cacher plus long-temps ma façon de penser ; ne vous offensez pas de ce que je vais vous dire.

ARABELLE.

Vos avis maternels me sont toujours chers ; même lorsqu'ils affligent mon cœur.

M^{dme}. DUVAL.

Quand mon fils vous épousa, j'aurois pu ne pas voi. ce mariage avec plaisir.

ARABELLE, *avec noblesse.*

J'étois pauvre, je le sais.

M^{dme}. DUVAL.

Et moi aussi, je le sais ; mais mon fils est riche, et il me sembla juste de lui laisser prendre une femme à son gré. Cependant j'étois très-bien instruite que vous ne l'acceptiez que par obéissance, et qu'un autre avoit touché votre cœur.

ARABELLE.

Ma mère ! de grace.....

M^{dme}. DUVAL.

Vous deviez épouser un jeune homme, pauvre.

ARABELLE.

Ma mère !

M^{dme}. DUVAL.

Un nommé St.-Ys.

ARABELLE, *les larmes aux yeux.*

Que vous ai-je fait pour prononcer ce nom devant moi?

M^{dme}. DUVAL.

Honnête garçon! mais ne pouvant soutenir la concurrence avec mon fils : on dit même dans le tems, qu'il ne vous céda que pour ne pas s'opposer à votre fortune. Chacun me fit l'éloge de votre sagesse, et je me dis : « Celle que mon fils épouse est » pauvre, hé bien! elle en sera plus reconnoissante. Elle aura soin « de moi dans ma vieillesse; peu de chose me suffira, et ce peu » je n'aurai jamais besoin de le demander. » Cependant, ma fille, je vous le dis du fonds de mon ame, j'aimerois mieux manquer du nécessaire, que de savoir mon petit Henry négligé, ou privé de la moindre chose; entendez-vous, cela me vá au cœur. Vous êtes sa mère, vous pouvez l'aimer à l'excès; mais moi, je suis sa grand-mère, et je l'aime encore davantage.

(*Arabelle, s'essuie les yeux.*)

SCÈNE X.

ARABELLE, M^{dme}. DUVAL, HENRY, FRANÇOISE.

HENRY, *accourant galement.*

MAMAN? Maman? Voilà Françoise.

(*Arabelle se lève avec précipitation, et va au devant de Françoise.*)

M^{dme}. DUVAL, *à Henry.*

Viens, mon ami, tu vas avoir à déjeûner.

ARABELLE, *bas à Françoise.*

As-tu de l'argent?

FRANÇOISE, *de même.*

Non.

ARABELLE, *levant les yeux au ciel.*

Mon dieu!

FRANÇOISE, *bas.*

On a osé m'offrir quatre francs de cette broderie.

ARABELLE, *bas.*

A peine ce qu'elle me coûte.

FRANÇOISE.

Il y a tant de gens qui cherchent à profiter du malheur.

ARABELLE, *bas.*

Vas Françoise : vas chercher cet argent. Apportes le déjeûner de ma mère, et deux petits pains pour mon fils.

FRANÇOISE, *revenant sur ses pas.*

A propos.... que je vous dise donc.

M^{dme}. DUVAL, *s'impatientant.*

Cela finira, peut-être.

FRANÇOISE, *bas.*

Un vieillard, m'a arrêtée devant la porte, et m'a fait des questions sur l'état de vos affaires.

ARABELLE, *bas.*

Quel homme est-ce ?

FRANÇOISE, *bas.*

Je ne sais ; il étoit en grand deuil, et il avoit l'air bien triste.

M^{dme}. DUVAL, *s'impatientant.*

Françoise, cet enfant attend.

ARABELLE, *bas à Françoise.*

Vas vîte.

FRANÇOISE, *à Henry.*

Viens, mon petit homme, sortons ensemble, tu choisiras toi-même ton petit pain.

M^{dme}. DUVAL.

Mais qu'on m'apporte donc mon thé !....

FRAÇOISE, *en s'en allant.*

A l'instant.

SCÈNE XI.

ARABELLE, M^{dme}. DUVAL.

M^{dme}. DUVAL.

A l'instant ! à l'instant ! c'est ce que j'entends dire depuis une heure.

SCÈNE XII.

LES MÊMES ; CHARLES DUVAL. (*Il entre d'un air sombre et rêveur. Arabelle en le voyant, cherche à prendre un air serein.*)

CHARLES, *allant baiser la main de sa mère.*

Bon jour, ma mère.

M^{dme}, D U V A L.

Ah ! te voilà, enfin.

C H A R L E S, *embrassant sa femme.*

Bon jour, ma chère femme.

A R A B E L L E.

Tu es sorti de bien bonne heure ?

M^{dme}. D U V A L.

Charles, écoute-moi, j'ai des plaintes à te faire.

C H A R L E S.

Des plaintes, ma mère ?

M^{dme}. D U V A L.

Oui : on n'a pour moi, dans cette maison, ni soins, ni égards.

C H A R L E S, *vivement.*

Que dites-vous ?

M^{dme}. D U V A L, *se reprenant.*

Je ne parle que des domestiques.

C H A R L E S.

Ah ! des domestiques.

M^{dme}. D U V A L.

Oui, j'ai beau appeller vingt fois, il n'en vient pas un seul.

C H A R L E S, *embarrassé.*

Les domestiques !....

M^{dme}. D U V A L.

Mon fils, la conduite des maîtres règle celle des domestiques. Où le ménage est négligé, où la maîtresse de la maison ne prend soin de rien.

C H A R L E S, *pénétré.*

Ma mère ? arrêtez, ma mère.

M^{dme}. D U V A L.

Où les vieillards et les enfans sont traités avec tant d'indifférence.

C H A R L E S, *pénétré, allant se jetter dans les bras d'Arabelle.*

Arabelle, pardonne-moi.

A R A B E L L E, *avec un doux sourire.*

Je n'ai rien à te pardonner.

S C È N E XIII.

LES MÊMES, FRANÇOISE.

F R A N Ç O I S E, *apportant le déjeûner.*

Voici du thé.

M^dme. D U V A L.

Enfin !

(*Pendant que Françoise approche la table devant le fauteuil de Madame Duval, et lui coupe son biscuit en forme de mouil-lettes, la scène marche à demi-voix au coin du théâtre.*)

C H A R L E S.

Quels reproches injustes !

A R A B E L L E.

Elle ne voit pas ce qui se passe autour d'elle.

C H A R L E S, *avec sensibilité.*

Une femme, qui depuis plus d'un mois, nourrit du travail de ses mains, sa mère qui l'outrage, son époux qui la ruine et son fils qui ne peut l'aider !

A R A B E L L E, *souriant.*

Peu de femmes peuvent compter un mois aussi bien employé.

SCÈNE XIV.

Les Mêmes, H E N R Y. (*Il a à la main un petit pain qu'il a commencé à manger, et l'autre qui est encore entier.*)

H E N R Y, *accourant et sautant au col de son père.*

Ah ! bon jour, mon papa. Vois-tu ! vois-tu ! (*en montrant ses souliers neufs.*)

C H A R L E S, *attendri.*

As-tu remercié ta mère ?

H E N R Y.

Non.

C H A R L E S, *les larmes aux yeux, soulève Henry à la hauteur de sa mère, le lui présente en disant d'une voix attendrie*):

Ah ! remercie-là, remercie-là.

A R A B E L L E, *bas à Charles.*

Est-il un plaisir plus doux, pour une mère, que de voir dans la main de son enfant, le pain qu'elle a gagnée par son travail ?

M^dme. D U V A L, *voulant boire son thé, s'apperçoit qu'on a changé sa tasse.*

Hé bien ! (*elle tâtonne.*) qu'est-ce que cela signifie ? Ce n'est point-là ma tasse.

(*Françoise regarde Arabelle d'un air embarrassé. Arabelle baisse les yeux.*)

Mme. DUVAL.

Charles?

CHARLES.

Ma mère.

Mme. DUVAL.

Tu le sais : depuis quinze ans je prends toujours mon thé dans ma tasse favorite : celle que le capitaine Bertrand m'apporta de la Chine, et voilà qu'on m'en donne une autre.

CHARLES, à *Arabelle.*

Où est la tasse de ma mère?

(*Arabelle lui fait signe que son fils a des souliers neufs ; Charles lève les mains au ciel.*)

Mme. DUVAL.

Qu'a-t-on fait de ma tasse?

ARABELLE.

Pardon, ma bonne maman.... hier....

Mme. DUVAL.

Hier....

ARABELLE.

Elle m'a échappée des mains, et.....

Mme. DUVAL.

Elle est cassée !...

ARABELLE.

Oui.

Mme. DUVAL.

A merveille!

ARABELLE, *bas à Charles.*

Etre forcée à mentir !...

Mme. DUVAL, *le cœur gros.*

On a brisé ma tasse ! mon vieux cœur aussi ne tardera pas à se briser. Je le répète : tout va de mal en pis dans cette maison.

CHARLES.

Ma mère?....

Mme. DUVAL.

Mon fils, souvenez-vous des dernières paroles de votre père ; il vous dit en mourant : « Charles, si jamais ta mère se plaint de » toi, que la bénédiction que je te donne, se change en malé- » diction ».

CHARLES, *avec un cri douloureux.*

Ma mère.

M^dme. DUVAL, *se reprenant.*

Je ne me plains pas de toi, non mon ami, je ne me plains pas
de toi ! Je ne veux pas attirer sur la tête la malédiction paternelle.
Je saurai souffrir et me taire. (*Elle se lève.*) Viens, Henry,
viens dans ma chambre ; et puisse le bruit que tu feras, étourdir
mon chagrin et me distraire de mon affliction.

(*Elle sort en tenant Henry par la main.*)

SCÈNE XV.

ARABELLE, CHARLES.

CHARLES

Malheureux ! J'ai détruit le bonheur de tout ce qui m'est cher.
Je t'ai caché ma conduite ; et le ciel m'en punit.

ARABELLE.

Je ne t'ai point affligé par des questions.

CHARLES.

Connois mon imprudence, et punis l'auteur de tes maux.

ARABELLE.

Je consolerai mon ami.

CHARLES.

Je vivois dans la plus grande aisance, lorsque Courville, ce
jeune négociant que tu as vu souvent ici, m'inspira le funeste désir
d'augmenter ma fortune. Il m'intéressa d'abord dans quelques
spéculations lucratives. Tout nous réussit, et bientôt ma confiance
pour lui fût sans bornes.

Un jour il vint chez moi de bonne-heure et me dit : « mon ami,
» j'ai trouvé un moyen sûr de doubler, en trois mois, les fonds que
» nous pourrons nous procurer. — Je fais de grandes affaires ;
» tu es connu pour un homme solide ; je tirerai sur toi : accepte,
» et sois tranquille; je pars et je serai de retour avant les échéances.»

Ma funeste crédulité me perdit. Depuis six mois je n'ai point
entendu parler du perfide. Dans les commencemens, espérant de
jour en jour le voir arriver pour faire face à mes engagemens, j'ai
donné mon argent, j'ai engagé mes biens ; j'ai vendu argenterie,
bijoux, meubles ; je dois encore. Mon crédit est perdu, et il ne
me reste rien, que l'effroyable perspective de la misère et du déshonneur.

ARABELLE, *avec noblesse.*

Du déshonneur ! jamais.

CHARLES, *au désespoir.*

Qui me protégera ?

ARABELLE.

ARABELLE.

La providence.

CHARLES.

Je t'implore, ô mon Dieu! toi, qui m'as de ton seul mouvement, appellé à l'existence, aye pitié de cette innocente victime. Daignes lui indiquer un moyen honnête, quelque chétif qu'il soit, de faire subsister ma mère et mon enfant, et replonges-moi dans le néant dont je ne t'ai pas prié de me tirer.

ARABELLE.

Charles! prends-garde : tu offenses ce dieu que tu implores....; espère....

CHARLES.

Que puis-je espérer, quand la honte m'empêche de publier mes peines!

ARABELLE.

N'as-tu jamais cherché le malheureux souffrant?

CHARLES.

Je n'en avois pas besoin, tu m'en épargnois la peine.

ARABELLE.

As-tu attendu sa prière, pour voler à son secours?

CHARLES.

On ne retarde pas le moment d'une jouissance.

ARABELLE.

Aurois-tu l'orgueil de te croire seul capable d'une bonne action? Nous souffrons sans l'avoir mérité, et...

CHARLES.

Quelle triste consolation!

ARABELLE, *mettant la main sur la sienne.*

C'en est une, mon ami; le désespoir n'habite qu'avec le crime, l'espérance sourit à l'homme juste.

CHARLES, *ému.*

Ma femme! ma généreuse femme!

ARABELLE.

Comme tu prends les choses!

CHARLES.

Sans moi, tu serois fortunée.

ARABELLE, *le serrant dans ses bras.*

Est-ce que je suis malheureuse ? Notre sort peut changer. Il est encore des hommes serviables.

CHARLES, *tristement.*

Oui, j'en ai rencontré un ce matin.

ARABELLE.

Tu ne me le disois pas.

CHARLES, *avec force.*

Mais c'est le seul de qui je ne voudrois pas accepter une goutte d'eau, quand une fièvre brûlante me consumeroit.

ARABELLE.

Qui donc ?

CHARLES, *après un moment de silence, pendant lequel il la fixe attentivement.*

St.-Ys.

ARABELLE.

Vous avez raison : quoiqu'il mérite l'estime des honnêtes gens, vous ne pouvez rien recevoir de lui.

CHARLES, *les yeux fixés sur elle.*

Il me rencontre, il m'aborde. Je ne puis lui dissimuler ma surprise ; il me saisit la main. Étonné de son procédé, que voulez-vous ? lui dis-je ; il me répond avec un ton de sensibilité qui, dans tout autre que lui, m'auroit attendri. « Duval, si vous avez besoin d'un ami, donnez-moi la préférence. » — A vous ?.... « Mettez-moi à l'épreuve et vous verrez si je le mérite ! » A ces mots il me serre étroitement la main et s'enfuit. (*Après un silence.*) Que penses-tu de cette démarche ?

ARABELLE, *tranquillement.*

Que St.-Ys est un honnête homme.

CHARLES, *hésitant.*

Peut-être.... t'aime-t-il encore !

ARABELLE, *noblement.*

Cela se peut, mais il m'estime.

CHARLES.

Tu l'as aimé ?....

ARABELLE.

Vous ai-je donné lieu une seule fois, de me rappeler ce souvenir ?

CHARLES, *avec trouble.*

Non ! mais tu l'as aimé.

ARABELLE, *avec fermeté.*

Alors, l'aveu que je vous en fis me gagna votre confiance. Ce même aveu me l'a feroit-il perdre aujourd'hui ?

CHARLES.

Non, Arabelle! pardon.

ARABELLE.

Ne sois donc pas si ingénieux à te tourmenter. Il est des êtres plus malheureux que nous.

CHARLES.

Où sont-ils !

ARABELLE.

Lorsque nous vîmes, il y a quelques jours, ce respectable vieillard suivre le cercueil de son fils unique, d'un air consterné et d'un pas chancelant, ne me dis-tu pas toi-même ? « Ce pauvre père est plus malheureux que moi. »

SCÈNE XVI.

LES MÊMES, FRANÇOISE.

FRANÇOISE.

Voici une lettre qu'on vient d'apporter.

CHARLES.

De la poste ?

FRANÇOISE.

Non.

CHARLES.

De quelle part ?

FRANÇOISE,

Le commissionnaire ne me l'a pas dit.

CHARLES.

Attend-il une réponse ?

FRANÇOISE.

Non, il est parti.

ARABELLE.

Laissez-nous, Françoise.

SCÈNE XVII.

ARABELLE, CHARLES.

CHARLES, *ouvrant la lettre.*

VOYONS ce qu'on m'écrit : « Le banquier Welmann, à ordre de
» payer à monsieur Charles Duval sur son reçu, la somme de
» vingt-quatre mille francs ; lorsque la fortune lui sourira son
» créancier se fera connoître ».

ARABELLE, *avec joie.*

Hé bien ! mon ami ! tu le vois, il existe encore des hommes
sensibles.

(*Charles, reste absorbé dans une profonde méditation. Puis
il reste les yeux fixés sur le billet.*)

ARABELLE.

Qu'as-tu ?

CHARLES.

D'où peut me venir ce bienfait ?

ARABELLE.

D'une ame honnête et cela suffit.

(*Charles après un moment de silence, présente la lettre ou-
verte à sa femme, mais sans la lui donner ; il a les yeux
fixés sur elle.*)

CHARLES.

Connois-tu cette écriture ?

ARABELLE, *n'osant la regarder.*

Moi ?.... non.

CHARLES.

Arabelle ! tu ne m'as jamais trompé ; (*avec force*) connois-tu
cette écriture ?

(*Arabelle, la regarde et baisse aussitôt les yeux.*)

CHARLES.

C'est celle de St.-Ys.

(*Arabelle se couvre le visage avec ses deux mains et sort.*)

SCÈNE XVIII.

CHARLES, *seul.*

Non... non! Plutôt mourir.... (*Il se jette dans le fauteuil de sa mère et réfléchit un moment.*) Mais Arabelle doit-elle souffrir de ma délicatesse? Ah! du moins, surmontons une fausse honte.'... ne cachons plus notre situation; sortons, allons solliciter un emploi, des secours même; de quelque main qu'ils me viennent, je la bénirai!... Mais St. Ys?... jamais, jamais. O mon dieu! donnes-moi le courage de publier ma misère!

FIN DU PREMIER ACTE.

ACTE II.

SCÈNE PREMIÈRE.

M^{dme}. DUVAL, *seule*.

(Elle entre en tâtonnant, et cherche son fauteuil.)

Où donc est mon fauteuil? Françoise! On me le dérange toujours. Françoise! (*Elle appelle plus fort.*) Françoise!

SCÈNE II.

M^{dme}. DUVAL, FRANÇOISE.

FRANÇOISE, *à demi-voix*.

Hé bien? hé bien? me voilà; ne faites donc pas tant de bruit.

M^{dme}. DUVAL, *haut*.

Eh! pourquoi cela?

FRANÇOISE, *bas*.

Madame dort.

M^{dme}. DUVAL, *haussant les épaules*.

Elle dort? Qu'elle conduite! dormir le jour.

FRANÇOISE.

Le sommeil l'a surprise.

M^{dme}. DUVAL.

Pardi, je le crois bien! lorsqu'on se livre à la paresse.

FRANÇOISE.

Mais....

M^{dme}. DUVAL.

C'est sans doute de peur de troubler son sommeil, qu'on a arrêté toutes les pendules; depuis quelque tems je ne les entends plus sonner.

FRANÇOISE, *à part*.

Cela n'est pas étonnant!

M^{dme}, DUVAL.

Et pendant que Madame repose, les domestiques ne restent pas au logis.

(*On sonne.*)

FRANÇOISE.

Apparemment qu'ils sont sortis par ordre de Monsieur.

M^{dme}. DUVAL.

Il n'y a plus que confusion dans cette maison.

(*On sonne plus fort. Françoise paroît inquiette.*)

M^{dme}. DUVAL.

Encore? Que fait donc le portier?

(*On sonne à tour de bras.*)

Est-il devenu sourd?

FRANÇOISE, *s'en allant.*

Je vais voir ce que c'est.

SCÈNE III.

M^{dme}. DUVAL, *seule.*

Pas de soins, point d'attentions. Ce pauvre Thomas m'étoit entièrement dévoué ; le voilà malade, et je suis servie, dieu le sait! Ma dépense est si peu de chose. Mais j'aime la compagnie, et point du tout ! On me sert ici ou dans ma chambre ; quelquefois ma bru à l'air de dîner avec moi ; mais je n'en suis pas la dupe : elle fait semblant de manger et ensuite elle va rejoindre sa compagnie.

SCÈNE IV.

M^{dme}. DUVAL, FRANÇOISE, DURAND.

FRANÇOISE, *voulant l'empêcher d'entrer. A demi-voix.*

Je vous dis que Monsieur n'y est pas.

DURAND.

Je vous dis que je n'en crois rien.

M^{dme}. DUVAL.

Qu'est-ce que j'entends?

FRANÇOISE.

Il est sorti en vérité.

DURAND.

.Toutes les fois que je viens ici; « il est sorti, il est sorti !
C'est toujours le même refrein ; aujourd'hui, je l'attendrai.

FRANÇOISE, *bas.*

Ne dites rien devant sa mère.

DURAND.

Sa mère, sa mère ? — Eh! qu'est-ce que cela me fait à moi ?
cette maison-ci est la seule que je possède. Il faut que je vive
du produit de mes loyers.

M^{dme}. DUVAL.

Françoise, qu'est-ce donc que cela ?

FRANÇOISE.

Rien Madame. (*A Durand, d'un air suppliant.*) Au nom
de dieu !

DURAND.

Je ne veux plus attendre, ou je ferai un bruit du diable.

M^{dme}. DUVAL, *se fâchant.*

Quel est donc le brutal qui ose parler si haut dans une
maison honnête?

DURAND.

Honnête tant qu'il vous plaira ; mais je ne laisse pas deux quar-
tiers en arrière.

M^{dme}. DUVAL, *criant.*

Qu'est-ce que cela signifie ? qui êtes vous ? que voulez-
vous ?

DURAND, *criant comme elle.*

Je suis le propriétaire de cette maison, et je veux l'argent
du loyer.

M^{dme}. DUVAL, *se radoucissant.*

C'est juste : mais on peut demander cela plus poliment. —
Françoise.

FRANÇOISE.

Madame.

M^{dme}. DUVAL.

Allez dire à mon fils qu'il paye cet homme et qu'il lui donne
congé.

DURAND.

C'est ce que je demande.

FRANÇOISE, *embarrassée.*

Madame....

Mᵈᵐᵉ. DUVAL.

Hé bien?

FRANÇOISE.

Monsieur votre fils est sorti.

Mᵈᵐᵉ. DUVAL.

Hé bien, patience... qu'on attende.

DURAND.

Patience! ah oui, c'est une belle vertu que la patience ; lorsqu'on a beaucoup d'argent on peut être patient, mais le besoin ne connoît pas la patience.

Mᵈᵐᵉ. DUVAL.

Quel ton !

FRANÇOISE, *bas.*

Mon cher Monsieur, quelques jours seulement.

DURAND, *haussant la voix.*

Il me faut mon argent aujourd'hui ; ou demain, hors de la maison.

Mᵈᵐᵉ. DUVAL, *en colère.*

Françoise, allez réveiller ma fille, et qu'elle paye ce drole-là.

DURAND, *de même.*

Ce drole-là!

FRANÇOISE, *effrayée.*

Madame.... n'a pas la clef.

Mᵈᵐᵉ. DUVAL.

Qu'elle avance cette bagatelle sur ses menus plaisirs. A-t-elle peur que son mari ne lui rende pas.

DURAND, *se moquant d'elle.*

Sur ses menus-plaisirs ? Madame à des menus-plaisirs ? ah je ne donne pas dans ces gasconnades-là.

Mᵈᵐᵉ. DUVAL, *outrée.*

Insolent !

DURAND.

Celui qui fait enlever ses meubles furtivement.....

Mᵈᵐᵉ. DUVAL, *furieuse.*

Françoise, appellez tous les domestiques et faites-moi jetter cet homme par les fenêtres.

DURAND, *de même.*

Par les fenêtres ! Il est permis aux riches d'être impertinens. On leur passe cela à cause de l'habitude ; mais sans argent on ne menace pas impunément.

M^dme. DUVAL, *criant.*

Chassez-le donc.

DURAND, *s'en allant.*

Adieu.... nous verrons qui de vous ou de moi, sera chassé de cette maison.

SCÈNE V.

M^dme. DUVAL, FRANÇOISE.

M^dme. DUVAL, *furieuse.*

C'EST Madame ma bru , qui m'attire cette scène scandaleuse.

FRANÇOISE.

Quoi, vous croyez ?...

M^dme. DUVAL.

Oui, je crois que mon fils lui a donné de l'argent pour payer le loyer, et qu'elle l'a dépensé.

FRANÇOISE,

Ah pour celui-là....

M^dme. DUVAL,

Mon fils sait qu'il faut payer son loyer.

FRANÇOISE.

Quelquefois....

M^dme. DUVAL.

Jamais, jamais. On doit être maître chez soi, et quand le loyer n'est pas payé,....

SCÈNE VI.

LES MÊMES, COURVILLE.

COURVILLE, *entrant du fond.*

TOUT est ouvert et personne !

FRANÇOISE, *voyant Courville.*

Ah, bon dieu !

M^dme. DUVAL.

Qu'est-ce que vous dites ?

COURVILLE, *à Madame Duval.*

Madame.....

M^dme. DUVAL, *le prenant pour Durand.*

Il est encore ici ? Françoise vous n'avez donc pas fermé la porte ?

FRANÇOISE.

Je l'ai oublié.

COURVILLE.

Il faut....

M^dme. DUVAL, *en colère.*

Vous en aller. — Sortez de chez moi.

COURVILLE, *surpris.*

Moi ?

FRANÇOISE, *à Madame Duval.*

Y pensez-vous ?

M^dme. DUVAL.

Si l'on respectoit mes ordres, les domestiques vous auroient chassé de manière à vous ôter l'envie de revenir.

COURVILLE, *un peu vivement.*

Madame, prenez-garde.

M^mde. DUVAL, *furieuse.*

Tout le monde me manque ; on me menace, ou se moque de moi. Je quitterai cette maison, je m'en irai.

FRANÇOISE, *voulant l'appaiser.*

Mais, écoutez donc.

M^dme. DUVAL, *de même.*

Vous ne valez pas mieux que les autres.

COURVILLE, *s'échauffant.*

Songez donc à ce que vous dites ; je suis.....

M^dme. DUVAL, *outrée.*

Un brutal ! un impertinent.

COURVILLE, *de même.*

Madame....

M^{dme}. DUVAL.

Françoise, donnez-moi ma canne.

FRANÇOISE, *en lui donnant.*

Madame.... sachez....

M^{dme}. DUVAL.

Laissez-moi , laissez-moi tranquille. (*Elle prend la canne et cherche la porte en tâtonnant.*)

SCÈNE VII.

LES MÊMES, HENRY.

HENRY, *accourant.*

QU'AS-TU donc ma bonne maman?

M^{dme}. DUVAL, *s'en allant.*

Ah! mon enfant! ils veulent me faire mourir, ils n'auront pas de peine. — Ah! Charles, Charles! (*Elle sort, Françoise la suit.*)

SCÈNE VIII.

COURVILLE, HENRY.

HENRY, *à Courville.*

QU'EST-CE que vous avez donc fait à ma bonne maman, Monsieur ?

COURVILLE.

Rien du tout, mon petit ami.

HENRY, *fâché.*

Pourquoi crie-t-elle ?

COURVILLE.

Je n'en sais rien.

HENRY.

C'est que je n'entends pas qu'on la chagrine, voyez-vous ?

COURVILLE.

Il faut qu'elle m'ait pris pour un autre, car elle m'a querellé en entrant.

HENRY, *se radoucissant.*

Cela se peut bien, car elle est aveugle ma bonne maman.

COURVILLE.

Elle m'a dit des injures.

HENRY.

Oh ! j'en suis bien fâché.

COURVILLE.

Pourquoi ?

HENRY.

C'est que votre visage n'a pas l'air méchant.

COURVILLE.

Vous trouvez cela ?

HENRY.

Oui, et je vous demande pardon pour ma bonne maman.

COURVILLE,

Pauvre enfant,

HENRY.

Voulez-vous que je vous embrasse ?

COURVILLE, *l'embrassant.*

De tout mon cœur.

HENRY, *le caressant.*

Je vous aime bien.

COURVILLE.

Cet enfant me rappelle... (*Il s'attendrit.*) O mon dieu !

HENRY.

Vous pleurez ?

COURVILLE.

Où est votre père ?

HENRY.

Je ne sais pas.

COURVILLE.

Que fait-il ?

HENRY.

Tous les matins, il m'embrasse et s'en va bien triste.

COURVILLE.

Bien triste ?

HENRY.

Ce matin il est sorti sans m'embrasser, cela m'a fait une peine !....

COURVILLE.

Et votre maman ?

HENRY.

Elle ne sort jamais, et elle travaille toujours.

COURVILLE.

Vous l'aimez bien ?

HENRY.

De tout mon cœur ! c'est qu'elle est bonne, bonne comme tout.

COURVILLE.

Je voudrois bien la voir.

HENRY, *vivement.*

Voulez-vous que j'aille la chercher ?

COURVILLE,

Vous me ferez plaisir.

HENRY.

Hé bien, j'y vais. (*Il fait quelques pas, revient, embrasse Courville, et s'en va en sautant.*)

SCÈNE IX.

COURVILLE, *seul, en le suivant des yeux.*

ENFANT charmant ! (*Retombant dans la mélancolie.*) Et moi aussi j'avois un fils ! Ce funeste souvenir me tourmente sans relâche. Malgré l'accablement où la douleur me plonge, je n'ai pu refuser au généreux St.-Ys, qui s'intéresse ment à cette famille, le service qu'il attend de moi. Sans l'amitié de cet honnête homme, je me croirois seul sur la terre.

SCÈNE X.

COURVILLE, *appuyé sur le dos du fauteuil, absorbé dans ses réflexions;* ARABELLE; HENRY, *conduisant sa mère par la main;* FRANÇOISE, *reconnoissant Courville.*

FRANÇOISE, *à Arabelle.*

MADAME, c'est ce Monsieur qui me questionnoit ce matin.

A'RABELLE, *le reconnoissant aussi.*

C'est ce père infortuné qui suivoit le convoi de son fils.

HENRY, *rassurant sa mère.*

Viens, viens, n'aie pas peur, il n'est pas méchant. Tenez, Monsieur, voilà maman.

(*Il le tire par son habit.*)

COURVILLE, *sortant de sa rêverie, en saluant Arabelle,*
qui lui rend sa révérence.

Pardon, Madame, n'ayant pas l'honneur d'être connu de vous,
ma visite doit vous surprendre; le motif qui m'amène, servira
d'excuse à ma démarche.

ARABELLE.

Serais-je assez heureuse pour pouvoir vous être de quelque
utilité?

COURVILLE.

Oui, Madame.... je suis chargé par un ami, de prendre
quelques renseignemens, et d'après tout le bien que j'ai entendu dire de vous, j'ai pensé......

ARABELLE, *l'interrompant.*

Permettez.... Françoise, emmènes Henry.

HENRY, *à Arabelle.*

Tu me renvoyes?

ARABELLE.

Pour un moment.

HENRY, *caressant Courville.*

Tant-pis; j'aime bien ce Monsieur-là.

COURVILLE, *ému.*

Restez mon enfant.

HENRY.

Non, non. Maman. m'a dit de m'en aller et jamais je ne lui
désobéis.... Embrassez-moi et je m'en vais.

COURVILLE, *l'embrassant.*

Charmante créature! (*Il le regarde sortir, s'essuie les yeux*
et se couvre le visage de son mouchoir,)

SCÈNE XI.

ARABELLE, COURVILLE *absorbé.*

ARABELLE.

A présent, vous pouvez parler en liberté.

(*Courville reste dans la même attitude.*)

ARABELLE.

Qu'avez-vous donc, Monsieur?

COURVILLE,

Cet enfant m'a fait une impression....Pardon, Madame, (*Il cherche à se remettre.*) Dites-moi de grace, avez-vous plusieurs enfans ?

ARABELLE.

Je n'ai que celui que vous venez de voir, mais il fait les délices de sa mère.

COURVILLE.

Je le crois!... Ah mon dieu !

ARABELLE, *avec intérêt.*

Qu'est-ce ?

COURVILLE, *se remettant.*

Rien, rien. Vos parens vivent-ils encore ?

ARABELLE.

Les miens n'existent plus : mais nous avons ici la mère de mon mari.

COURVILLE.

Cette femme si emportée ?

ARABELLE.

Elle est aveugle. Elle a quelques momens d'impatience ; mais je les supporte sans peine, et le plaisir de la servir, de prévenir autant qu'il m'est possible, et ses besoins et ses desirs est une jouissance pour mon cœur.

COURVILLE.

Vous êtes une bien digne femme ! puis-je vous demander sans vous déplaire, qu'elle est la conduite de votre époux.

ARABELLE, *vivement.*

Celle d'un homme d'honneur. Époux sensible, tendre père, excellent fils, il ne respire que pour sa mère, sa femme et son enfant. Il en est adoré et jouit avec ivresse de tous les bienfaits de l'amour et de la nature.

COURVILLE, *avec transport.*

Qu'il est heureux ! O qu'il est heureux !

ARABELLE.

Hélas ! il ne l'est pas.

COURVILLE.

Il ne l'est pas ?....

ARABELLE.

ARABELLE.

Non.

COURVILLE.

Juste ciel! il a une mère! une femme! un enfant! et il ose se croire malheureux! (*brusquement*) Allez, Madame, allez lui dire, que le vrai malheureux est l'homme veuf et père, à qui la mort vient encore d'enlever son fils unique.

ARABELLE.

La situation d'un père qui voit souffrir sa famille...... la comptez-vous pour rien?

COURVILLE, *désolé.*

Pour rien.

ARABELLE.

Quoi! l'indigence?

COURVILLE, *avec chaleur.*

Est un mal passager. On trouve des hommes généreux, il en est, on en voit, vous en trouverez. On espère des soulagemens, on en reçoit. Mais moi au milieu de mes richesses, où trouverai-je des secours dans mon horrible infortune?

ARABELLE.

Toujours celui qui souffre....

COURVILLE.

A le droit de se plaindre. On peut recouvrer l'aisance qu'on a perdue; (*avec larmes*) mais moi, qui me rendra mon fils?...

ARABELLE.

Infortuné!

COURVILLE.

Vous le voyez, Madame; un millionnaire peut être malheureux. On me surnomme encore le riche: mais le monde ignore en quoi consistoit ma richesse. Le monde ignore que mon fils étoit mon vrai trésor.

ARABELLE.

Calmez votre douleur.

COURVILLE.

Sans ma fatale précaution, mon fils vivroit encore, (*Il pleure.*) hélas! je suis la cause de sa mort.

ARABELLE.

Vous?

C

COURVILLE.

Moi-même.

ARABELLE.

Et comment ?

COURVILLE.

Forcé de partir pour les Indes, je ne voulus pas exposer
mon fils au danger d'un si long voyage. Il avoit l'esprit vif,
le génie ardent et un goût décidé pour les spéculations com-
merciales. Je mis à sa disposition une somme de cent mille francs,
et j'emmenai avec moi un jeune homme bien estimable et
dont l'amitié m'est précieuse. Après vingt-deux mois d'absence,
je revenois au comble de la joie. Le plaisir d'embrasser mon
enfant me promettoit des jouissances plus précieuses que l'aug-
mentation de mes richesses. En passant près de ce port, un
navire donne le signal de détresse. Nous forçons de voiles pour
lui porter des secours ; il couloit bas ; nous étions près de lui,
notre chaloupe l'aborde ; un jeune homme paroît sur le tillac;
dieu ! c'étoit mon fils ! il me reconnoît, il se presse de descen-
dre, le pied lui manque, il tombe dans la mer. A mes cris
redoublés mon jeune ami n'écoutant que son courage, s'élance
dans les flots, plonge, le ramène ; mais inutilement, mon fils
n'existoit plus.

ARABELLE.

Appaisez-vous.

COURVILLE.

O St.-Ys, ce trait de courage ne sortira jamais de mon cœur.

ARABELLE, à part.

St.-Ys! (A Courville.) Malheureux père!

COURVILLE, au désespoir.

Eh ! je ne suis plus père ; je suis seul au bord d'un tombeau
ouvert, et personne ne l'arrosera d'une larme lorsque j'y descendrai.
(Après une pause.) J'ai relâché dans ce port pour rendre les
derniers devoirs à mon enfant. Ce séjour m'est odieux, et je ne
puis m'en arracher. Tout est perdu pour moi. Il ne me reste que
mes richesses, que je donnerois volontiers pour entendre une
seule fois la voix de mon fils. (Comme honteux et voulant ren-
foncer ses larmes.) Mais, excusez-moi, je ne devois point vous
affliger par le récit de mon malheur. Vous m'avez forcé d'ouvrir
la bouche pour me plaindre. Je ne voulois pas me plaindre. Vous
m'avez arraché des larmes brûlantes. Je n'en veux point verser.

Je veux renfermer ma douleur là !... là ! (*Il se frappe la poi-*
trine.) Adieu. (*Il sort précipitamment.*)

SCÈNE XII.

ARABELLE, *seule.*

Son désespoir l'a empêché de m'instruire du motif qui le con-
duisoit chez moi. Mais il m'a interrogée sur ma situation, il est
ami de St. Ys. — Puis-je douter?....

SCÈNE XIII.

ARABELLE, CHARLES.

ARABELLE.

Hé bien, mon ami? as-tu trouvé....

CHARLES, *triste.*

Rien.

ARABELLE.

Qu'as-tu fait?

CHARLES, *brusquement.*

Rien.

ARABELLE, *avec douceur.*

Comme tu me réponds?

CHARLES.

Pardon, ma tête s'égare. J'ai couru de maison en maison, j'ai
sollicité une place d'écrivain ; j'ai dit que c'étoit pour un malheureux qui se contenteroit du salaire le plus modique. Je n'ai
trouvé que des âmes dures ; que des cœurs de fer ; par-tout même
froideur, par-tout même réponse : « je n'ai besoin de personne.»
(*avec véhémence*) Eh ! tu le sais grand dieu ! lorsque j'étois dans
l'aisance, si un infortuné m'eût demandé du travail, j'en aurois
créé plutôt que de l'affliger par un refus, ou de l'humilier par
une aumône.

ARABELLE.

Dis-moi, mon ami, as-tu dit que tu sollicitois pour toi-
même ?

CHARLES, *vivement.*

Non.

ARABELLE.

Tu n'as donc pas exposé l'état où nous sommes ?

CHARLES.

Je n'en ai pas eu le courage.

ARABELLE.

Pouvoit-on le deviner ?

CHARLES, *avec chaleur.*

Oui sans doute, on le pouvoit.—Mais celui qui n'est pas couvert de haillons, qui ne sait pas crier d'un ton lamentable « je suis malheureux, je demande l'aumône. » Celui-là, dis-je, n'obtient rien. Le véritable pauvre, l'infortuné dont le regard douloureux et l'œil humide de larmes, annoncent seuls la funeste situation, ne fixe ni l'attention de l'intriguant avide, ni la pitié du riche insensible, ni la frivolité du désœuvré indifférent. On passe près de lui sans y faire attention. Personne ne cherche les traces de son chagrin sur ses joues creuses et livides, et on laisse périr sans secours l'être souffrant, dont la timidité enchaîne la langue et dont la honte fait rougir le front. (*Il se jette dans le fauteuil.*)

ARABELLE.

Allons, mon ami, du courage!

CHARLES.

Ange consolateur ! je sens que la fatigue m'accable ; j'ai besoin d'un moment de repos.

ARABELLE.

Je te laisse. Puisse un sommeil paisible rendre le calme à ton cœur.

(*Charles, feint de s'assoupir, Arabelle le baise au front et rentre chez elle.*)

SCÈNE XIV.

(*Charles regarde furtivement sortir Arabelle. Dès qu'elle est rentrée, il se lève et marche à grands pas.*)

CHARLES.

Dormir ? Non, no... ... n'est-il donc aucun moyen de sauver ce que j'aime ?

SCÈNE XV.

CHARLES, FRANÇOISE, *arrivant du fond.*

FRANÇOISE.

Encore une lettre.

C H A R L E S.

Donnes.　(*Françoise rentre par le fond.*)

SCÈNE XVI.

C H A R L E S, *seul.*

JE ne connois point cette écriture. (*Il lit.*) Vous avez demandé une place pour un homme dans le besoin ; il nous en faut un qui sache le françois et l'allemand. (*Plein d'espoir.*) Je le sais. (*Il lit*) La tenue des livres. (*Avec joie.*) Je suis prêt. (*Il lit.*) Mais il faut qu'il soit sans femme, sans enfans, et qu'il se tienne prêt à partir pour les Indes , dans trois jours. (*Retombant dans la tristesse.*) Dieu ! le premier chemin que tu m'offres pour sortir du labyrinthe, est un sentier couvert d'épines. — Moi, quitter ma mère, ma femme! mon fils! moi les abandonner ! (*Après une pause.*) Si je ne puis vivre sans eux, dois-je les empêcher de vivre sans moi? (*Il se promène.*) Je veux partir — pour les Indes. (*Il s'arrête.*) Insensé! ton départ leur donnera-t-il du pain ? (*Il parcourt le théâtre à grands pas , et va s'appuyer à la fenêtre, où il reste en contemplation.*) Par - tout des figures humaines et point d'hommes. (*Il regarde avec plus d'attention.*) Que vois-je? je ne me trompe pas, c'est St.-Ys. — Il s'arrête. — Il parle avec un vieillard. (*Il quitte la fenêtre, dans la plus grande agitation.*) Qu'est-ce donc que je sens? qu'elle idée vient d'éclorre dans ma tête? (*Avec effroi.*) Ha! je frissonne !... idée affreuse , éloigne-toi; tu es horrible à envisager. (*Il reste un moment absorbé et revient à lui peu-à-peu, et dit avec une apparente tranquillité.*) Eh pourquoi donc frémir? étant aux Indes, je suis mort pour Arabelle , elle sera heureuse. (*Avec un accent douloureux.*) Heureuse? (*Reprenant sa fermeté.*) Et pourquoi ne le seroit-elle pas? doit-elle être infortunée parce que je le suis? (*Prenant sa résolution.*) Non. (*Il court à la fenêtre et appelle*).. St.. st.. Monsieur de St.-Ys. (*Comme si on lui répondoit.*) Oui , vous, ici! (*Il rentre et se promène.*) Il va venir... qu'ai-je fait ; je l'aime (*Prenant une généreuse résolution.*) Hé bien! le véritable amour sacrifie tout à l'objet aimé. Le ciel exauce ma prière ; il me montre une voie. L'égoïsme ne me fera pas reculer.

SCÈNE XVII.

FRANÇOISE, CHARLES.

FRANÇOISE, *d'un air inquiet.*

Monsieur, on vous demande.

CHARLES.

Fais entrer.

FRANÇOISE.

C'est que... c'est...

CHARLES, *brusquement.*

Je sais, je sais.

FRANÇOISE.

A la bonne heure. Entrez, Monsieur.

SCÈNE XVIII.

CHARLES, St.-Ys.

CHARLES, *allant au devant de lui.*

VENEZ St.-Ys, et donnez-moi la main; j'ai besoin d'épancher mon cœur.

St.-Ys.

Vous êtes bien agité.

CHARLES.

Écoutez-moi.

St.-Ys.

Parlez.

CHARLES.

Ce matin, vous m'avez offert des secours.

St.-Ys, *appuyant.*

Oui, Duval, à vous, à vous seul et en véritable ami.

CHARLES, *lui serrant la main.*

J'en suis persuadé... peu de temps après vous m'avez envoyé ce papier. (*Il lui montre la lettre anonime.*)

St.-Ys, *embarrassé.*

Moi?

CHARLES.

Vous..... il est écrit de votre main, Arabelle n'a pu s'y méprendre.

St.-Ys, *embarrassée.*

J'ai fait....

CHARLES.

Une action généreuse; je sens profondément la délicatesse de vos procédés. Mais tant de générosité m'accable. Reprenez un don qu'il m'est impossible de recevoir. (*Il lui remet le papier dans la main et la serre avec amitié.*)

St. - Ys.

Vous croyez mes intentions pures, vous en êtes persuadé, et vous me refusez?

Charles.

Je ne rougis pas de vous laisser lire dans mon ame. — Appellez si vous voulez ma manière de sentir, vanité ridicule, orgueil déplacé, je n'en changerai jamais. St. Ys, vous êtes de tous les hommes le dernier de qui j'accepterai des secours.

St. - Ys.

Par quelle bizarrerie?

Charles, *vivement.*

Non, non; l'homme qui pense avec délicatesse, — vous, St.-Ys, vous ne taxerez point de bizarrerie celui qui repousse les bienfaits de son rival.

St. - Ys.

Je ne le suis plus.

Charles,

Arabelle vous a aimé. L'action que vous avez voulu faire vous placeroit à ses yeux sur une éminence vers laquelle je ne pourrois élever que des regards humiliés.

St. - Ys,

Les secours de l'amitié sont un plaisir pour celui qui les donne, et ne peuvent humilier celui qui les reçoit; acceptez.

Charles.

Jamais, jamais!...

St. - Ys.

Duval! votre malheur trouble vos idées, votre délicatesse exagère vos devoirs et votre vertu prolonge votre infortune. Que trouvez vous donc de si généreux dans l'offre que je vous fais? vos affaires sont dérangées; mais avec des talens et de la probité, on répare glorieusement ses pertes et l'on relève honorablement sa fortune. La somme que je vous offre m'est absolument inutile. Il faut que je la place, et je la crois plus en sûreté chez l'honnête homme sans biens, que chez le riche sans probité.

Charles.

Placer son argent chez celui qui n'a rien, c'est déguiser le présent qu'on veut lui faire.

ST-YS.

Dès que vous en aurez la possibilité vous me le rendrez, avec les intérêts si vous le voulez; alors nous serons quittes et vous ne m'aurez aucune obligation.

CHARLES.

Toutes ces raisons ne me convraincront pas.

ST-YS.

Hé quoi! vous aimez votre mère, votre épouse, votre enfant, et par une délicatesse outrée, vous voulez les laisser souffrir? J'ignore jusqu'où va votre détresse; mais ce salon sans meubles me fait trembler. (*Avec chaleur*) Au nom de l'amour filial, au nom de la tendresse conjugale, au nom des devoirs sacrés de la paternité, ayez pitié des malheureux qni vous entourent et par un orgueil criminel ne laissez pas dans le besoin des êtres intéressans, qu'ils ne tient qu'à vous de secourir.

CHARLES, *d'un air tranquille.*

Non, ma famil'e ne sera pas dans le besoin. — C'est moi seul qui ne veut pas accepter vos bienfaits.

ST-YS.

Je ne vous comprends pas.

CHARLES, *hésitant.*

St. Ys?

ST-YS.

Parlez.

CHARLES, *le fixant.*

Aimez-vous toujours Arabelle?

ST.-YS.

A quoi tend cette question?

CHARLES.

Je vous somme par l'honneur, de me répondre. Aimez-vous encore Arabelle?

ST-YS.

Vous pâlissez! vos lèvres sont tremblantes.

CHARLES, *égaré.*

Ayez pitié de mon trouble et répondez-moi.

ST-YS.

Sans concevoir le motif qui vous porte à me faire cette question, j'oserai y répondre. Mon cœur est pur, ma conscience est exempte de reproches, et je n'hésite point à faire un aveu dicté par la franchise. Je l'aime.

CHARLES, *pâlissant.*

Vous l'aimez! (*Se contenant.*) N'est-ce qu'un simple souvenir? ou bien est-ce une passion ardente ?

ST. - YS, *avec noblesse.*

Celui qui pendant six ans a su respecter la tranquillité de l'époux et l'innocence de l'épouse, peut ouvrir son cœur sans rougir.

Arabelle étoit tout pour moi ; Arabelle est encore tout pour moi; Arabelle sera tout pour moi , jusqu'à la mort.

A présent, Monsieur, j'exige à mon tour , que vous daigniez m'apprendre à quoi peut vous servir une déclaration qui blesse votre cœur et qui rouvre les cicatrices du mien.

CHARLES, *les yeux baissés.*

Allons , le moment est arrivé.

ST. - YS.

Que voulez-vous dire ?

CHARLES.

Que ma résolution est prise.

ST - YS.

Comment ?

CHARLES.

Un divorce devenu nécessaire , rompt tous les liens qui m'atta-choient à Arabelle. Reprenez un bien que vous n'auriez jamais dû perdre.

ST. - YS.

Votre esprit s'égare.

CHARLES.

Promettez-moi d'avoir soin de ma mère , de la supporter avec patience jusqu'à son dernier jour. Promettez-moi d'élever mon fils et de former son cœur à la vertu.

ST. - YS.

De grace, cessez...

CHARLES, *avec passion.*

Jurez-moi par le serment le plus solemnel , de faire le bonheur d'Arabelle. (*Se reprenant.*) Que dis-je ? insensé ! comme amante vous l'aimiez, comme époux vous l'adorerez. Non, non, je n'ai pas besoin de sermens.

St.-Ys.

Duval, votre raison se trouble; écoutez, les conseils d'un ami.

CHARLES.

Mon parti est pris.

St.-Ys.

Vou me faites frémir.

CHARLES.

Rassurez-vous. Ce n'est point un suicide que je médite. Je ne veux point anticiper sur la lente douleur qui doit me consumer ; mon esprit est calme.... Je pars pour les Indes.

St.-Ys.

Quoi, vous voulez?...

CHARLES.

Partir.

St.-Ys.

Charles, au nom de tout ce qui t'est cher, n'accomplis pas ce dessein funeste. Restes au sein de ta famille. Un ami, un véritable ami t'en conjure. Si tu fuis, tout espoir de bonheur t'échappe.

CHARLES.

Tu te trompes.

St.-Ys.

Comment ?

CHARLES, *lui prenant la main.*

Jamais, il est vrai, mes yeux ne reverront les rivages de ma patrie. Jamais mon aspect lamentable ne troublera le repos d'Arabelle. Mais si je puis retirer quelque fruit de mon travail, c'est à toi que je m'adresserai. Je t'écrirai : St.-Ys, envoye-moi mon enfant. Tu le feras!... Représente-toi sur les rives du Gange, un vieillard, attendant l'arrivée de son fils. Je suis ce vieillard ; je découvre de loin, les mats d'un vaisseau qui arrive à pleines voiles. Il touche au port ; au même instant un jeune homme paroît sur le tillac, il s'élance à terre. Je m'approche d'un pas chancelant, je reconnois les traits d'Arabelle, je me précipite dans les bras de mon fils avec un ravissement inexprimable.

St.-Ys.

Charles!

CHARLES.

Tout est dit ; je vais dégager Arabelle et assurer mon départ. (*Il revient sur ses pas, prend la main de St. Ys et lui dit les larmes aux yeux.*) Sauveur de ma famille! songes que ses besoins sont pressans.

Sᴛ.-Yꜱ.

Je ne vous quitte pas.

CHARLES.

Non, restez. — Ne sortez qu'un moment après moi, et revenez dans deux heures. La honte me tueroit si l'on me voyoit avec vous. *(Il sort précipitamment.*

SCÈNE XIX.

Sᴛ.-YS, *seul.*

Sᴀᴜᴠᴇᴜʀ de ma famille, songes que ses besoins sont pressans! ces mots ont retenti jusqu'au fond de mon cœur! hé bien, je mériterai le titre sacré dont-il vient de m'honorer. Courville accablé de chagrin, ne sera pas insensible à ceux des autres; il secondera mes projets. Nous raménerons dans les bras d'Arabelle, un époux égaré, un père au désespoir. Je la verrai cette emme respectable, notre entrevue, sera pure comme son cœur, et je pourrai me dire, en descendant dans le mien: j'étois digne de son amour.

SCÈNE XX.

Sᴛ.-YS, FRANÇOISE.

FRANÇOISE, *étonnée.*

Je n'en reviens pas! quoi! Monsieur le laisse ici?

Sᴛ.-Yꜱ.

Ne dites point à votre maîtresse que je suis venu. Françoise, vous avez élevé Arabelle; vous l'aimez depuis son enfance; sa situation ne lui permet pas de vous récompenser. Permettez-moi de m'en charger. — Acceptez cette bourse, elle est à vous.

FRANÇOISE.

A moi?

Sᴛ.-Yꜱ.

A vous. — Je connois votre cœur et je suis tranquille. *(Il sort.)*

FRANÇOISE, *avec sentiment.*

Ah mon dieu! ce n'est pas pour moi que je te remercie.

FIN DU DEUXIÈME ACTE.

ACTE III.

SCÈNE PREMIÈRE.

St.-YS, FRANÇOISE, COURVILLE.

FRANÇOISE.

AU nom de dieu, Monsieur de St.-Ys, n'allez pas plus loin, Monsieur n'est pas au logis, et si vous entrez chez Madame, vous lui ferez une peine !...

ST.-Ys.

Il faut absolument que je lui parle.

FRANÇOISE.

Jusqu'à présent vous vous êtes si bien conduit.

ST.-Ys.

Je suis....

FRANÇOISE.

Vous êtes.... vous êtes un homme, et l'infortune d'une jeune personne qu'on a si tendrement aimée, peut faire renaître de coupables espérances.

COURVILLE, à part.

Si tendrement aimé !....

ST.-Ys.

Je ne veux que son estime,

FRANÇOISE.

C'est à merveille; mais quand il s'[illegible] d'une femme dont on a été passionnément amoureux, je me méfie de l'estime qu'on veut lui inspirer en l'absence de son mari.

COURVILLE, à part.

M'auroit-il abusé ?

ST-Ys.

Françoise ?....

FRANÇOISE.

Si c'est pour trahir mon maître que vous m'avez donné de l'argent, je n'en veux point. Je vais vous le chercher.

·COURVILLE, à part.

Il est coupable.

ST.-YS, retenant Françoise.

Arrête Françoise, cet homme généreux, ce protecteur des infortunés....

·COURVILLE.

Point d'éloges.... je ne les aime pas.

ST.-YS.

Il suffit; dis à ta maîtresse que je la prie de m'accorder un moment d'entretien.

FRANÇOISE.

Elle vous refusera.

ST.-YS.

Dis lui que c'est de l'aveu de son mari.

FRANÇOISE.

Je ne veux pas mentir.

ST.-YS.

C'est la vérité.

FRANÇOISE.

Bien vrai?

ST.-YS.

Je t'en donne ma parole d'honneur.

FRANÇOISE.

Cela est différent; mais si vous me trompez!

ST.-YS.

J'en suis incapable.

·FRANÇOISE.

Allons j'y vais.   (Elle sort.)

SCÈNE II.

ST.-YS, COURVILLE.

COURVILLE.

ST.-YS, je ne vous estime plus.

S T. - Y s.

Moi ?

C O U R V I L L E.

Vous.

S T. - Y s.

Eh pourquoi ?

C O U R V I L L E.

Vous m'avez trompé. Reprenez votre porte-feuille.

S T. - Y s.

Que voulez-vous dire ?

C O U R V I L L E.

Depuis trois ans je vous connois ; depuis trois ans vous avez
mérité ma confiance ; depuis huit jours vous vous êtes acquis des
droits éternels sur mon ame reconnoissante....

S T. - Y s.

Ne pensez plus à une tentative infructueuse.

C O U R V I L L E.

Je ne l'oublierai jamais ; mais nous ne nous verrons plus.

S T. - Y s.

Pourquoi ?

C O U R V I L L E.

Jeune homme ! quel personnage me faites-vous jouer ici ?

S T. - Y s.

Je ne vous comprends pas.

C O U R V I L L E.

Vous me chargez de prendre des renseignemens sur les besoins d'une famille malheureuse ; je viens ici ; une femme intéres-
sante, un enfant aimable m'attendrissent jusqu'aux larmes. Les
caresses naïves de cet enfant réveillent toutes mes douleurs, je
sors troublé. Je vous rends compte de ce que j'ai vu. Vous
voulez secourir cette famille, vous desirez n'être pas connu ; vous
me pressez de lui faire accepter vos bienfaits en mon nom. Vous
me promettez des consolations....

S T - Y s.

La manière la plus sûre de calmer les chagrins d'un honnête
homme, n'est-elle pas de lui procurer les moyens de participer à
une bonne action ?

C O U R V I L L E, *en colère.*

A une bonne action ! vous aimez cette femme !

DRAME.

St. - Ys.

Plus que ma vie.

COURVILLE.

Et vous voulez vous servir de moi pour faire accepter à son époux des secours avec lesquels vous espérez la séduire et deshonorer un honnête homme?

St. - Ys.

Courville, vous outragez votre ami.

COURVILLE.

De semblables sacrifices.....

St. - Ys.

Arrêtez.... il existe des ames généreuses, et ce n'est pas à vous à en douter.

SCÈNE III.

Les Mêmes, FRANÇOISE.

FRANÇOISE.

Je vous disois bien que votre visite lui feroit mal. Elle a pleuré.

St. - Ys.

Elle refuse de me voir ?

FRANÇOISE.

Non, quand elle a su que c'étoit de la part de son mari, elle s'est déterminée, elle va venir.

St. - Ys, *vivement.*

Ici ?

FRANÇOISE.

Oui, la pauvre femme cherche à se remettre un peu, et à cacher la trace de ses larmes.

St. - Ys, *vivement.*

Ah ! Françoise; rends à tes maîtres l'aisance et le bonheur; rends-moi l'estime de mon ami.

FRANÇOISE.

Comment ?

St. - Ys.

Place cet honnête homme de manière à juger des vertus d'Arabelle, en écoutant la conversation que vous allons avoir ensemble.

FRANÇOISE.

Rien de si facile, dans ce cabinet.

St.-Ys.

Je l'entends. (*À Courville.*) Entrez vîte. (*Il entre.*)

COURVILLE.

C'est bien.

St.-Ys, *à Françoise qui sort.*

Avertis-moi lorsque son époux reviendra.

SCÈNE IV.

ARABELLE; St.-YS.

St.-Ys.

Après six années de séparation, je revois donc Arabelle !

ARABELLE.

Arabelle, femme Duval, se félicite de revoir dans St. Ys, un estimable ami.

St.-Ys.

Ce titre....

ARABELLE.

Est mérité. Ce que vous avez fait aujourd'hui même en est la preuve, recevez mes tendres remercîmens, *comme épouse et comme mère.*

St.-Ys.

Une offre rejettée....

ARABELLE.

N'en est pas moins un bienfait quand elle part d'une ame honnête, et je ne doute pas de la vôtre.

St.-Ys.

Je me fais gloire de mériter cette confiance. Dans des temps plus heureux....

ARABELLE.

Ils doivent-être oubliés.

St.-Ys.

Non Arabelle. non. C'est sur le souvenir du passé que je règle ma conduite présente. Si j'ai quelques vertus, c'est à vous que je les dois : Je n'oublirai jamais les momens où, cédant avec

résignation

résignation au respect filial ; vous me tendites la main pour la dernière fois. Alors, comme à présent, vos joues étoient pâles et vos yeux humides de larmes....

ARABELLE,

Et alors comme à présent, je vous priai de m'épargner.

ST.-YS.

Dans ce cruel moment....

ARABELLE.

Puisque vous vous plaisez à vous rappeller des circonstances qui devroient être effacées de votre mémoire et de la mienne, souffrez que je vous répète les dernières paroles que ma bouche vous fit entendre.

ST.-YS, *vivement.*

Elles sont.....

ARABELLE.

Permettez. — Je vous dis : St.-Ys, « je vous aime. Le destin » va m'unir à un autre ; si vous étiez capable de conserver de cou- » pables espérances, si un mot, un geste, un regard, me le fai- » soient soupçonner ; vous m'enleveriez ma plus douce conso- » lation, celle de ne pouvoir vous estimer. »

Alors vous fîtes entre mes mains, le serment de ne jamais abandonner le sentier de la vertu.

C'est entre les vôtres que je jurai une fidélité éternelle à mon époux.

Si dans les premières années de mon mariage, j'ai répandu des larmes sur le beau songe de ma jeunesse, les soins d'un époux respectable et les douceurs de l'amour maternel, les ont séchées depuis long-tems, et rien au monde n'est capable de me faire oublier le plus léger de mes devoirs.

St.-Ys, Vous m'avez entendue !

ST.-YS.

Celui qui fut assez heureux pour posséder le cœur d'Arabelle, ne s'en rendra jamais indigne en cherchant à l'avilir. Vous avez épuré mes sentimens ; la plus parfaite amitié me conduit, je viens vous offrir les moyens de sortir de l'état affligeant où vous êtes.

ARABELLE.

Ne l'espérez-pas. Mon époux n'acceptera rien de vous, et je ne vous aiderai point à le tromper.

D

S t. - Y s.

Je connois son inflexibilité, et je respecte ses principes. J'ignore ce qui à causé sa ruine.

A r a b e l l e.

Son honneur.

S t. - Y s.

Comment ?

A r a b e l l e.

Il a répondu pour un ami infidèle , et pour remplir ses engagemens , il s'est dénué de tout.

S t. - Y s.

Ainsi la probité conduit à l'indigence !

A r a b e l l e.

Il souffre plus de mes peines , que des siennes.

S t. - Y s.

Je le sais. — Vous connoîtrez quels douloureux sacrifices il veut faire ; il va vous instruire de ses projets. J'ai voulu non vous les apprendre, mais vous offrir les moyens de l'empêcher de se perdre. Au nom de votre fils ne repoussez pas ma prière. Sauvez votre époux des entreprises précipitées du désespoir.

A r a b e l l e.

Vous me faites frémir !

S t. - Y s.

Pardonnez-moi, Arabelle, j'ai révélé votre situation à ce vieillard malheureux que vous avez vu ce matin. J'ai touché son ame bienfaisante : il venoit vous offrir des secours. Bientôt vous allez le revoir. Forcez votre époux à les accepter. La délicatesse avec laquelle il a refusé les miens est une vertu ; ici son refus seroit un crime. Sauvez votre famille, et recevez mes éternels adieux. Je m'éloigne à jamais du séjour que vous habitez ; la seule consolation qui me reste, c'est d'emporter votre estime et de vous savoir aussi heureuse que vous êtes digne de l'être.

A r a b e l l e.

St. Ys, mes larmes sont ma réponse.

SCÈNE V.

Les Mêmes, FRANÇOISE.

FRANÇOISE.

Monsieur s'approche, je l'ai vu venir de loin.

ARABELLE.

Adieu St. - Ys ; si on pouvoit lire dans les cœurs, je ne vous presserois pas d'éviter la présence de mon époux — mais....

ST. - Ys.

Il suffit, adieu Arabelle.

ARABELLE.

Adieu pour jamais !

ST - Ys.

Pour jamais !

(*Arabelle rentre chez elle.*)

SCÈNE VI.

ST. - YS, COURVILLE, FRANÇOISE,
à la fenêtre.

COURVILLE.

St.-Ys, je suis content de vous.

ST. - Ys.

Prouvez-le-moi.

COURVILLE.

Comment ?

ST. - Ys.

Voilà mon porte-feuille.

COURVILLE, *le met dans sa poche.*

Donnez.

FRANÇOISE, *quittant la fenêtre.*

Il est tout près de la porte ; il va entrer.

ST. - Ys, *vivement.*

Ma chère Françoise achèves ton onvrage.

FRANÇOISE.

Que faut-il faire?

ST. - Ys.

Ne donne pas le tems à ton maître, d'aller chez Arabelle, amène-là ici : nous allons rentrer dans ce cabinet. Je veux prouver à mon ami que mon rival est digne du trésor qu'il possède.

COURVILLE, *serrant la main à St.-Ys.*

Ami pour la vie !

FRANÇOISE.

Je l'entends!

(*Courville et St.-Ys entrent dans le cabinet. Françoise attend que Charles soit sur la scène, et entre dans la chambre d'A-rabelle.*)

SCÈNE VII.

CHARLES, *seul, d'un air sombre.*

Il le faut, c'est le seul parti qui me reste : elle sera heureuse. Cette idée consolante ranime mon courage. (*Après une réflexion douloureuse.*) Renoncer à Arabelle? la céder à mon rival? O sacrifice au-dessus des forces humaines ! (*Reprenant sa fermeté.*) Eh bien Charles, tu as presque vidé le calice du malheur, trembleras-tu d'en avaler la dernière goute ?

SCÈNE VIII.

ARABELLE, CHARLES.

ARABELLE.

Sois le bien venu, mon ami !

CHARLES, *à part.*

Moment terrible !

ARABELLE, *lui prend la main.*

Qu'as-tu ?

CHARLES, *appliquant ses lèvres sur les mains d'Arabelle.*

Ma respectable épouse !

ARABELLE.

Hé bien !

CHARLES, *se levant et la fixant un moment.*

As-tu du courage?

ARABELLE.

M'en as-tu jamais vu manquer ?

CHARLES, *baissant les yeux.*

Te sens-tu la force de me dire.....

ARABELLE.

Quoi?

CHARLES, *tremblant.*

Charles, adieu !

ARABELLE.

A quoi tend cette question?

CHARLES.

Réponds-moi.

ARABELLE.

Deux époux bien unis ne doivent se dire adieu qu'à la mort.

CHARLES.

Apprends ce que le bras de fer de la nécessité m'a forcé de résoudre irrévocablement; — J'ai trouvé une place.

ARABELLE.

Ah! le ciel en soit loué !

CHARLES.

Je pars.

ARABELLE, *avec inquiétude:*

Pour....

CHARLES, *les yeux baissés.*

Pour les Indes.

ARABELLE, *avec un cri d'effroi.*

Pour les Indes ! (*Avec résignation.*) Hé bien je te suivrai.

CHARLES.

Impossible.

ARABELLE.

Et pourquoi?

CHARLES,

Une nuit éternelle couvre les yeux de ma mère; peut-elle se passer de tes secours? Dois-je la priver à-la-fois de son fils et de toi? de notre enfant qu'elle idolâtre? L'abandonnerions-nous à la commisération publique? la forcerai-je à me maudire? à m'accabler de sa malédiction? Non, tu me sauveras ce dernier malheur. Tu me promettras de ne jamais l'abandonner, quand même.....tu.... ne porterois plus.... son nom!

ARABELLB, *étonnée.*

Son nom?

CHARLES.

Tu me vois le cœur serré..... Arabelle..... ma respectable épouse !

ARABELLE.

Achèves.

CHARLES.

Je te dis adieu pour la vie.

ARABELLE, *effrayée.*

Charles !

CHARLES.

Je renonce à toi solemnellement.

ARABELLE, *plus effrayée.*

Charles !

CHARLES.

Je brise nos liens.

ARABELLE, *tombant dans ses bras.*

Je me meurs ! (*Elle s'évanouit et tombe dans les bras de son époux.*)

CHARLES.

Arabelle ! reviens à toi. Je ne veux que ton bonheur.

ARABELLE, *revenant à elle.*

Charles !

CHARLES.

Reprends tes sens.

ARABELLE.

Tu veux m'abandonner !

CHARLES.

Il le faut.

ARABELLE.

Ton esprit s'égare.

CHARLES.

Non ; mais j'ai de la peine à mettre de l'ordre dans mes idées. Ne m'interromps pas. (*Après une pause.*) Arabelle, je te rends le serment conjugal. Efface de ta vie les six années de mon bonheur, oublie mes regrets ; mais n'oublies pas mon amour.

Tu es libre ; tu peux disposer de ta main, je t'en ai assuré le pouvoir. St.-Ys l'aime toujours. Récompense sa fidélité.... deviens sa femme.... son heureuse femme! Rends-lui ce cœur que le pouvoir paternel lui avoit ravi : oublie ce que tu fus pour moi.... mais n'oublies pas mon amour. St.-Ys en t'épousant, te rendra l'aisance et le repos; il servira de père à ton fils, de fils à ma mère. Et quand tu te promèneras avec lui, sur les fleurs que mon douloureux sacrifice aura fait naître sous tes pas.... Arabelle... n'oublies pas mon amour.

ARABELLE, le fixant avec admiration.

Homme que je ne révérois pas assez ! sur quelle élévation t'offres-tu tout-à-coup à mes regards étonnés. En m'ouvrant ton ame généreuse, tu viens d'offrir à mon admiration le temple des vertus devant lequel je dois me prosterner. (Elle veut se jetter à genoux, Charles l'en empêche.)

CHARLES.

Que fais-tu ?

ARABELLE.

Moi! te quitter ? Non, quand je ne t'aurois jamais aimé, ce jour m'attacheroit indissolublement à toi. Crois-moi : je connois aussi ce qui est grand et généreux. Si tu pars, je te suis; rien ne m'arrêtera, et je braverai également les antres glacés de la Norvège et les sables brûlans de l'Afrique.

CHARLES.

Et qu'ai-je fait pour mériter?....

ARABELLE, avec transport.

Je te dois la suprême volupté d'être mère. Puis-je jamais acquitter ce bienfait ?

CHARLES.

L'indigence.....

ARABELLE.

Est préférable à l'opprobre.

CHARLES.

Le divorce n'en est point un. La loi....

ARABELLE.

Honneur à celui qui respecte les lois. — Malheur à celui qui en abuse.

CHARLES.

Tu trouveras des défenseurs.

ARABELLE.

Mon cœur seul sera mon juge.

CHARLES.

Ton bien-être sera ton excuse.

ARABELLE.

Mes remords feroient mon supplice.

CHARLES.

Le monde sera moins sévère que toi.

ARABELLE.

Je serai plus juste que lui.

CHARLES.

Il te pardonnera.

ARABELLE, *vivement*.

Eh! qu'est-ce que le monde ne pardonne pas, quand l'or couvre l'infamie? (*Le serrant dans ses bras.*) Père de mon enfant, je ne te quitterai point. Tu voudras en vain fuir au-delà des mers. Si tu parvenois à tromper ma tendre vigilence, mon enfant dans mes bras, j'irois errer dans tous les ports de France. Je me prosternerois pour obtenir un passage, et je l'obtiendrois. Il existe des ames sensibles qui ne repoussent pas une mère éplorée.

CHARLES, *montrant Arabelle*.

Grands de la terre! Osez comparer vos trésors à celui d'un indigent!

ARABELLE.

Toute espérance....

CHARLES.

Est perdue.

ARABELLE.

On peut découvrir les traces de ton infidèle associé.

CHARLES.

Arrête, Arabelle: il n'est point coupable.

ARABELLE,

Comment?

CHARLES.

Il a fait nauffrage près de ce port. Un des compagnons de son infortune, recueilli sur le vaisseau le *Nestor*, vient de m'apprendre qu'il est tombé à la mer, et que son navire a été englouti avec toutes nos richesses.

ARABELLE.

Ciel !

CHARLES.

Il faut nous séparer.

ARABELLE, *le prenant dans ses bras.*

Jamais ! jamais !

CHARLES, *d'un air égaré.*

Arabelle !

ARABELLE, *le retenant.*

Oses t'arracher de mes bras.

CHARLES, *au désespoir.*

Arabelle, ne me réduis pas au désespoir, ne me force pas à mettre un terme à mes maux.

ARABELLE.

Je t'imiterai.

CHARLES, *effrayé.*

Toi !

ARABELLE.

Moi !

CHARLES, *avec force.*

Mère, tu as un fils.

ARABELLE, *de même.*

Fils, tu as une mère.

SCÈNE IX.

LES MÊMES, HENRY, *accourant.*

HENRY.

Allons, papa !

ARABELLE, *le prenant dans ses bras et le portant*
dans ceux de son époux.

Mon fils ! C'est le ciel qui t'envoie.

SCÈNE X.

LES MÊMES; M^{dme}. DUVAL et FRANÇOISE,
effrayées.

M^{dme}. DUVAL.

Hé bon dieu! Qu'est-il donc arrivé? D'où vient ce bruit?
Charles! Charles! mon fils!

CHARLES, *courant à sa mère.*

Ma mère! (*Il se jette à ses pieds, et lui baise les mains.*)

M^{dme}. DUVAL.

Qu'as-tu donc? les larmes coulent sur mes mains. Embrasse-
moi, mon fils. (*Charles se jette dans ses bras; Françoise met son
fauteuil derrière elle.*)

ARABELLE, *se met à genoux, et lève les mains au ciel.*

Mon dieu! fais que sa mère l'attendrisse.

HENRY, *allant à sa mère.*

Qu'est-ce que tu fais-là, maman?

ARABELLE.

Je prie dieu pour ton père.

HENRY.

Maman, je veux le prier aussi.

SCÈNE XI.

ARABELLE, *à genoux au coin du théâtre, les deux mains
appuyées sur son cœur, invoquant le ciel avec ferveur.*
HENRY, *un peu plus près du public, ses deux petites
mains vers le ciel.* M^{dme}. DUVAL, *se laissant tomber
dans le fauteuil.* CHARLES, *à ses pieds, la tête appuyée sur ses genoux.* FRANÇOISE, *une main appuyée
sur le fauteuil, et essuyant ses larmes de l'autre.* ST.-YS,
*sortant du cabinet, tenant Courville d'une main, et de l'autre
lui montrant ce tableau touchant.* COURVILLE, *dans
une espèce d'admiration.*

ST.-YS, *à Courville.*

Oh mon ami! quel spectacle!

CHARLES.

St.-Ys!

M^{dme}. DUVAL.

St.-Ys!

ARABELLE.

St.-Ys! (*Moment de silence.*)

ST.-YS.

Famille respectable, cessez de vous affliger. Votre sort est changé.

CHARLES.

C'est vous, St.-Ys? déjà?

M^{dme}. DUVAL, *étonnée.*

St.-Ys, chez mon fils?

ST.-YS.

Votre délicatesse vous a fait repousser mes secours. Mon honneur m'ordonne de refuser vos sacrifices. Restez auprès d'une épouse adorée, et ne craignez plus l'indigence ; je vous amène un bienfaiteur.

CHARLES, *avec l'air du doute.*

Vous?

ST-YS.

Cet homme respectable a perdu tout ce qui l'attachoit à la vie ; il ne lui reste qu'une grande fortune et le besoin de faire des heureux. — Acceptez sans rougir. Son ame est digne de la vôtre.

CHARLES.

St.-Ys, une action généreuse ne doit pas me surprendre de votre part. Mais... vous me trompez.

ST.-YS.

Moi?

CHARLES.

Vous. J'ai refusé vos secours. Vous prenez un détour pour me les faire accepter ; mais inutilement. Jamais Duval ne recevra rien de l'amant d'Arabelle. Elle-même ne peut accepter vos bienfaits, qu'en vous donnant la main. Je sais sacrifier mon bonheur ; mais le vendre... jamais !

M^{dme}. DUVAL.

Hé bon dieu ! que signifie ?....

ST.-YS, *se troublant.*

Vous étiez dans l'erreur ; c'est cet homme respectable qui...

CHARLES, *sévèrement.*

D'où me connoît-il?

ST.-YS, *se remettant.*

Je l'ai instruit de votre infortune : j'ai fait plus : je viens de le rendre témoin du combat généreux qui laisse encore sur son visage la trace des larmes que vous lui avez fait répandre.

CHARLES, *à Courville.*

Est-il vrai, Monsieur, que c'est vous qui voulez m'obliger?

COURVILLE.

M'en croyez-vous incapable?

CHARLES.

Oh non! Votre visage porte l'empreinte de la vertu.

COURVILLE.

Elle n'est jamais sortie de mon cœur.

CHARLES, *avec force et fixant ses yeux sur ceux de Courville.*

Hé bien! jurez-moi, sur l'honneur, que St.-Ys ne vous a pas chargé de me faire accepter des secours..... Vous vous troublez.

ST.-YS, *bas à Courville.*

Jurez, ou tout est perdu!

COURVILLE, *après un court silence.*

Puisque votre délicatesse exige un serment, recevez celui que je fais. « Je jure, par l'Être suprême, que c'est moi, moi seul, qui » veux vous servir de père ». (*A St.-Ys.*) St.-Ys, reprends ton porte-feuille. Duval, voilà le mien.

CHARLES.

Je l'avois prévu. Je respire.

ARABELLE, *à Courville.*

Cette générosité. ...

COURVILLE.

Est un devoir.

CHARLES, *étonné.*

Comment?

COURVILLE.

Ce jeune homme que vous avez cautionné, cette malheureuse victime de son imprudence.....

CHARLES.

Hé bien ?

COURVILLE.

Etoit mon fils.

CHARLES.

Lui ?

ARABELLE.

Ciel ?

COURVILLE.

C'est vous qui venez de me l'apprendre. L'état affreux où il vous à réduit, vous a donné des droits sur mes richesses. Vos vertus vous en assurent de plus puissans sur mon cœur. J'ai perdu mon enfant ; c'est à vous à le remplacer.

CHARLES, *tombant à ses pieds.*

Mon bienfaiteur !

ARABELLE, *le pressant dans ses bras.*

Mon père !

ST-YS.

Mon ami !

(*Henry, court lui baiser lo main.*)

COURVILLE, *dans leurs bras.*

St.-Ys, je te remercie de ce moment délicieux.

CHARLES.

Quoi ? C'est à St.-Ys ?....

COURVILLE, *avec chaleur.*

Rendez justice à cet estimable jeune homme. Il vouloit vous servir, vous cacher ses bienfaits ; et pour n'en laisser aucune trace, il avoit résolu d'abandonner son pays.

CHARLES.

Ne souffrez pas.....

COURVILLE.

Je me garderois bien de l'en détourner, si ce généreux sacrifice étoit nécessaire ; on ne doit pas empêcher d'achever une belle action ; mais son départ est inutile. — St.-Ys, restes au sein de ta famille ; celle-ci devient la mienne et va me suivre. J'espère que ma nouvelle fille voudra bien être à la tête de ma maison. — Nous aurons grand soin de la bonne maman, et nous n'oublierons pas la fidelle domestique d'Arabelle. Viens, mon petit ami, je serai ton grand papa.

(*Henry, sautant dans ses bras.*)

M^{dme}. DUVAL.

Mais que signifie donc tout cela?

ST. - YS:

Adieu, couple vertueux. Jouissez long-tems d'un bonheur que vous avez si bien mérité.

(*Charles, comme entraîné malgré lui, fait quelques pas vers St.-Ys, lui ouvre ses bras; St.-Ys s'y précipite.*)

COURVILLE.

Aucune distance ne séparera nos cœurs.

CHARLES, *à Courville.*

O vous! à qui nous allons devoir une nouvelle existence, connoissez l'ange que vous allez rendre au bonheur. Depuis plus d'un mois, Arabelle passe les nuits pour nourrir son fils et ma mère, par un travail forcé.

M^{dme}. DUVAL.

Ah mon dieu! Qu'est-ce que j'entends! ma fille! ma fille! où es-tu? que je tombe à tes pieds.

ARABELLE.

Dans mes bras, ma mère!

COURVILLE.

Oublions nos malheurs passés. Jouissez de ma fortune, et faites-moi jouir de votre amitié.

TOUS.

Toujours, toujours.

ARABELLE, *à Charles.*

Mon ami, n'oublions pas qu'il est un dieu de bonté, qui veille sur les infortunés, et que la providence n'abandonne jamais la vertu.

FIN.

De l'Imprimerie D'ESN. BROSSELARD, rue de la Jussienne, N°. 20.